东君草堂诗选

李晋 著

南开大学出版社

天 津

图书在版编目 (CIP) 数据

东君草堂诗选 / 李晋著. — 天津：南开大学出版社，2016.12

ISBN 978-7-310-05311-7

Ⅰ.①东… Ⅱ.①李… Ⅲ.①诗集-中国-当代 Ⅳ.①I227

中国版本图书馆 CIP 数据核字（2017）第 006768 号

南开大学出版社出版发行

出版人：刘立松

地址：天津市南开区卫津路 94 号　　邮政编码：300071

营销部电话：(022)23508339　23500755

营销部传真：(022)23508542　　邮购部电话：(022)23502200

*

唐山新苑印务有限公司印刷

全国各地新华书店经销

*

2016 年 12 月第 1 版　　2016 年 12 月第 1 次印刷

210×148 毫米　32 开本　7.125 印张　163 千字

定价：28.00 元

如遇图书印装质量问题，请与本社营销部联系调换，电话：(022)23507125

人生就是不断地等待和希望。

——［法］大仲马（《基督山伯爵》）

自　序

年少时曾听得苏轼的《临江仙·夜归临皋》，其中的"长恨此身非我有，何时忘却营营"一句令我印象深刻且莫名地感动，想来那是个"无故寻愁觅恨"的年龄。

随着年龄的增长、时代的天翻地覆，一路的坎坷与欢乐、冷眼与真情、热闹与寂寥，此中滋味也只有自己最刻骨铭心。人生大抵都是由青涩到成熟、由浮躁到安静、由愤世嫉俗到笑看人间，成熟固然好一些，但代价却是时间的一去不复返，还有什么比时间更可贵的呢？

一直以来内心怀揣着一个梦想：静下心来做一点自己喜欢做的事情。这件事情与生计无关、与他人无关、与世俗无关、与人生无关。

于是重新拿起笔，将天地间春夏秋冬的冷暖变换和与大千世界在内心的共鸣一起写出来，不经意有了这本诗集。然而细细读来，我发现这些诗句与我的生活、与他人的生活、与我们所在的当下时代都息息相关。

我忽然意识到我们每个人都是属于某个特定的时代，也都带着特定时代的符号。虽然我们无法再回到唐朝，但我们可以用祖先所传下的灿烂文化及模式来记录我们当下的时代，作为当下时代的一个注脚。

在这个日益碎片化、日益纷乱化的信息爆炸时代里，有多少人能守住一份属于自己的安静，又有多少人愿意阅读别人的世界，又有多少人彼此间可以产生心灵共鸣，抑或有一天人们因为盲目自信而令人类猝不及防地丢失现有的一切文明。总之，这本诗集或许注定难觅知音。

理性虽使人冷静也常使人陷入茫然，信仰则令人唤起无限希望。我以为或者我笃信：在未来的岁月里，若有机缘，那么这本诗集迟早会引起他或者她的注意。

在这本诗集即将出版之际，首先感谢我的父母、我的家人对我的默默支持，其次感谢我的朋友对我的关心和爱护，再次感谢当下社会芸芸众生给了我创作的灵感，在此更应该特别感谢出版社各位老师的认真校对和悉心指导，衷心地谢谢你们！

这本诗集就在这里，它是来感恩的！从此它不再孤独！

这本诗集就在这里，它会静静地等待你的到来，哪怕是千年以后……

有偈云：

眼前闹市忘身穷，思入乾坤纵笔匆，

不患此生无共道，但得千载会神通。

李晋

2016年8月，永定河畔东君草堂

目录

春

引力波有感

2016年初，LIGO科学合作组织和Virgo团队宣布他们利用高级LIGO探测器首次探测到来自双黑洞合并的引力波信号，此事影响深远，故赋诗以记之。

> 一潭春水①照明台，
> 半点清滴破镜开，
> 但见千重涟漪②去，
> 无人知是玉蜓来。

---

　① 朱熹《泛舟》：昨夜江边春水生，艨艟巨舰一毛轻，向来枉费推移力，此日中流自在行。

　② 引力波是指时空弯曲中的涟漪，通过波的形式从辐射源向外传播，这种波以引力辐射的形式传输能量。1916年，爱因斯坦基于广义相对论预言了引力波的存在，而人类花了100年时间证明其存在，实在不容易，薪火相传之伟大亦在于此，引力波的善用也将开启新宇宙时代。

桃花源

身居闹市染浊尘，
心向桃源解乱津，
万水千山春风度，
天涯难觅武陵人。

山居

疏林漫绕鸟儿闲，
半亩鱼塘若许田，
风过草堂空余院，
我家屋后即青山。

银河

久居城市长庚暗，
新到荒村北斗悬，
寰宇无边诚浩渺，
银河璀璨莫知闲。
濯足怕笼河中月，
浅唱恐惊岸上仙，
身在九天忽慨叹，
星光眼底料何年？

雨水节气

冰河初解浪逐欢，

桃李含苞柳欲烟，

万类争春时渐闹，

东风化雨尚余寒。

东风欢

苦盼东风过大江，

苍天不负有花香，

知春来此不容易，

老眼①长舒四顾忙。

---

① 刘长卿《早春》：微雨夜来歇，江南春色回。本惊时不住，还恐老相催。人好千场醉，花无百日开。岂堪沧海畔，为客十年来。

游春

东风送暖燕回楼，
柳绿桃红泛水流，
筋骨虽僵心未老，
上林春日少年①游。

春夜

长堤染绿笑东风，
万树含苞醉眼朦，
偶入桃园知梦近，
昏灯暗夜待花红。

---

① 程颢《春日偶成》：云淡风轻近午天，傍花随柳过前川。时人不识余心乐，将谓偷闲学少年。

惊蛰节气

桃花欲绽谢东风，

万物将苏乐雪融，

但见眼前生绿意，

俯身浅草觅蛰虫。

桃花笑

红粉枝头眼欲迷，

淡香盈袖步移迟，

桃花千载徒娇艳，

对面郎君笑不识①。

---

① 崔护《题都城南庄》：去年今日此门中，人面桃花相映红，人面不知
何处去，桃花依旧笑春风。

海棠春

楚姿卓立远香人，

红蕾渐白近雨魂，

身在上林留好梦，

东风拂面海棠春。

桃花源记

阡陌桑田岁月荒，

男畴女业素衣裳，

遥闻先祖逃秦患①，

欲问当今第几皇？

---

　　①　陶渊明《桃花源诗》：嬴氏乱天纪，贤者避其世。黄绮之商山，伊人亦云逝。……借问游方士，焉测尘嚣外。愿言蹑清风，高举寻吾契。

奇葩

春日偶闻奇葩一朵，人人争相见之，街头巷尾茶余饭后皆谈论之。

数载荒园热闹纷，

奇葩①傲绽满城春，

眼前魅影出神顾，

百里余香入梦频。

占尽风光千树老，

贪得独宠一花新，

逆天违道何长久，

忍看苍生枉化尘。

---

① 宋代杨无咎有词《青玉案·次了翁韵》："奇葩珍树丛丛绕。望仙隐、蓬莱小。前枕湖光秋色晓。荷花今岁，也如人意，不逐西风老。霞觞献寿频频倒。瑞霭浮空凝不扫。定自日边飞诏早。芝庭呈秀，桂宫得意，更看明年好。"

问天道

天地无仁①莫自迷，

可怜刍狗奈何凄，

多言穷技心虚静，

循道天然顺作息。

私心

贪腐只因我念追，

眼前有路未思归，

千劫万复人难醒，

始信如来转法回。

---

① 老子《道德经》云：天地不仁，以万物为刍狗。

因果

天旋地转轨中行，
微妙阴阳动永恒，
身在局中谁理智，
心中无我自英明。
时间因果唯推演，
颠倒黑白不必惊，
寰宇无心需冷酷，
万方有道莫多情。

人欲

黎民求富更求安，

商宦逐荣亦恋权，

地主人王应寡欲，

始皇东海尚求仙。

仁心

天道损余补不足，

人心不足奉有余①，

早行此道何言囧，

心念仁德守正途。

---

① 　老子《道德经》云："天之道，损有余而补不足；人之道，损不足而奉有余"。金庸《射雕英雄传》中的《九阴真经》开篇即取于此。

八仙

瑶池寿宴醉千盅，
驾雾归途兴致浓，
白浪接天谁畏险，
八仙过海各神通。
竹篮铁拐随波啸，
玉版芭蕉惹怒龙，
斗法难分天地暗，
争强一念道行空。

修道

人间正道百艰生，
欲壑贪心到处横，
莫要偷闲虚半日，
须知累世祖难成。
恩师指点还需悟，
智慧口说尚待行，
沧海无涯人自渡，
千劫万险寂寥征。

修心

歌舞升平几忘贤，
明君守道①但求安，
问心无愧天迷眼，
与世无争路恨难。

春行

寂寞辰星伴我行，
四时寒暑几多程，
东风送暖霞初现，
天道酬勤日早升。

---

① 孟郊《答郭郎中》：松柏死不变，千年色青青。志士贫更坚，守道无异营。每弹潇湘瑟，独抱风波声。中有失意吟，知者泪满缨。何以报知者，永存坚与贞。

水稻树画有感

儿童游戏意天开，
水稻参天硕果来，
一粒摘得能饱肚，
东君笑问几时栽。

春分节气

草绿桃红柳色青，
鸢飞蝶舞鸟雀鸣，
天长日暖农耕紧，
绝胜春光①已半程。

早春儿童上学

晨来上课颂读欢，
午后归家放纸鸢，
散淡儿时诚远去，
尘封日久梦中牵。

---

① 唐代徐铉《春分日》：仲春初四日，春色正中分。绿野徘徊月，晴天断续云。燕飞犹个个，花落已纷纷。思妇高楼晚，歌声不可闻。

两会商国是感

冰雪消融水愈清，

炎黄弟子建章声，

九州元老商国计，

四海新豪议民生。

提案苏辛①羞论浅，

问询杜魏②愧虚名，

当家做主谈何易，

秋去春来几度风。

---

① 即指苏轼、辛弃疾，宋代的两位政治家同时又是著名文学家。

② 即指杜如晦、魏征，唐初的两位著名忠臣。

评非法疫苗事件

无效疫苗①赤县慌，

常温储运胆心寒，

私人倒卖空监管，

利益勾结有弄权。

华夏谁家能幸免，

神州童叟坐针毡，

执迷累犯缘轻判，

千万苍生命几钱？

---

① 2016年3月，山东济南警方披露近日抓获了一对非法经营疫苗的母女。2010年以来，她们非法经营25种儿童、成人用二类疫苗，未经严格冷链存储销往18省市，涉案金额达5.7亿元。

评假冒奶粉

昨日疫苗尚未平，
今朝奶粉①又心惊，
苍生恐惧闻蛇变，
监管空谈岸上轻。
劣质达标谁梦语，
谎言戳穿众口声，
神州多难何时尽，
华夏无忧坦荡行？

---

① 2016年3月，上海市的检察院披露一起销售假冒进口奶粉案件，犯罪嫌疑人仿制多个进口品牌的奶粉，1.7万余罐假冒进口奶粉进市场，通过经销商销往全国多个省市。

依法治国

刮骨疗毒非久略，

禹除洪患宜多学，

欲开盛世先开制，

秦去商鞅①法未绝。

惜春

风和日丽透蓝空，

春暖花开绿意浓，

人在江湖心事重，

难得情绪步从容。

----

① 《史记·商君列传》：鞅欲变法恐天下议，令既具未布恐民不信，乃立三丈木于南门，募民能徙置北门者予十金。民怪之莫敢徙。复曰："能徙者予五十金。"有人徙之，予五十金，以明不欺。卒下令。

缅怀孙中山先生

华夏飘摇任雨愁，

中山济世傲王侯①，

誓除帝制争民主，

意铸国和竞自由。

汉祖艰难心未馁，

周公吐哺力无犹，

京华遗业兴国略，

黄埔传神百世流。

---

① 光绪年间孙中山途经武昌欲见总督张之洞，向张府递上名片："学者孙中山求见之洞兄"。张之洞瞧之不悦写一行字让交与孙中山。孙中山见字条："持三字帖，见一品官，儒生妄敢称兄弟。"微微一笑，写出下联请门官呈上。上书："行千里路，读万卷书，布衣亦可傲王侯。"张之洞急命门官大开中门，迎接这位儒生。

绿化移树感

一树初成半参天，
生于山野乐云闲，
可怜人过啧口羡，
为赴新居忍折残。

观沧海沙田

沧海滔滔未有闲，
千波万浪向人间，
潮来潮去知何事，
堆岸浊沙欲化田。

观沧海礁石

夜色无边海渐安，
滔天浊浪暂时闲，
恍惚波面龙初现，
潮落回头望世间。

游海底世界

白鲸戏水未知深，
灰鳗逐沙自在巡，
东海龙王今何处，
江湖浪恶借神针。

蓝鲸有感

稚子命题而为之。

鲸吞万里海中闲，

偶试身姿浪里欢，

胃口初张食巨量，

声唇浅唱响雷鼾。

艰难哺育胎十月，

属意情深伴百年，

海角千旬称霸主，

人间卅载未知安。

深海珍珠

浊沙拍岸浪滔天，
洋底环流自在闲，
时见巨蛤珠有泪，
未知蹈海是何年？

千年陈皮有感

稚子游戏作千年陈皮，吾颇为感怀，故记之。

寻常贵老药中奇，
理气平咳每备急，
手捧新橘儿自喜，
千年约父品陈皮。

红楼主人

富贵荣华赖祖恩，
无才济世遁空门，
半生错爱徒成恨，
潦倒埋名泪有痕。

红楼风雨

闲情逸趣醉花游，
风雨忽来恨未筹，
历尽悲欢知梦短，
兴衰际遇忆红楼。

红楼脂批

辛酸有梦寄红楼，
阅尽人情付水流，
一世朱批脂砚①泪，
百年过后惹谁愁？

红楼梦87版电视剧

1987年出品的红楼梦电视剧至今令人回味无穷，可谓经典，而剧中的演员也似乎为红楼梦而生。

一部红楼两世魂，
半著春泪半迷津，
不知梦里浮生戏，
假作真时憾几分。

---

① 世人尽知曹雪芹十年苦撰《红楼梦》，却鲜知脂砚斋泪评《红楼梦》。

儿童做鸟巢有感

孩童索纸未闲多，
忍送白宣舍不得，
欲问何为心纳闷，
转身柔做五只窝。
父生怒气强压制，
儿语三言剩赞歌，
春日鸟归孵幼蛋，
旧巢恐冷建新窠。

春事

一年春事几东风，
嫩蕾枝头粉色匆，
昨日问花花不语，
今朝花碎满池红。

二桃杀三士

仁义空说枉自欺，
黑白颠倒笑谁痴，
争桃古士①犹知悔，
怙恶今人剩叹惜。

---

① 《晏子春秋》：齐景公有三员大将恃功而骄，晏子建议早除之，景公赏赐他们两颗桃子，三人无法平分，公孙接与田开疆争比功劳各拿一桃，再听古冶子战功后自愧不如而自杀，古冶子倍感羞耻而自刎。

读刘禹锡玄都观诗

唐朝大诗人刘禹锡的"玄都观"二首诗①所传递的百折不挠之精神令人心生敬佩，故赋诗以记之。

良田杂草尽成荒，

不见玄都自感伤，

紫陌当年无限醉，

人间千载忆刘郎。

---

① 《玄都观桃花》：紫陌红尘拂面来，无人不道看花回。玄都观里桃千树，尽是刘郎去后栽。

《再游玄都观》：百亩庭中半是苔，桃花净尽菜花开。种桃道士归何处，前度刘郎今又来。

梦刘禹锡

朝风暮雨泪千行，

辗转无摧荡气肠，

千载桃花开不尽，

人间何处觅刘郎？

寒食节有感

凄风冷雨过寒食，

门掩梨花醉酒池，

肱骨焚身千古士①，

枯肠索肚百年诗。

---

① 春秋时晋文公重耳流亡，介子推割股肉供其充饥，文公复国子推不仕归隐。文公焚山，子推抱树而死，文公令该日禁火寒食，以寄哀思。

和贾舍人早朝

贾至诗成，杜甫①、王维、岑参和之，余亦慨之。

紫陌鸡鸣报晓迟，

群官鹤立待仙衣，

大明宫里灯如昼，

小户家中火尚稀。

天子开朝喧鼓乐，

万邦齐拜展旌旗，

无双盛世争相和，

谁料仓惶遁蜀时。

---

① 杜甫和诗曰：五夜漏声催晓箭，九重春色醉仙桃，旌旗日暖龙蛇动，宫殿风微燕雀高。朝罢香烟携满袖，诗成珠玉在挥毫，欲知世掌丝纶美，池上于今有凤毛。

清明节气感怀

天至清明①草渐长，

人逢此日意多徨，

纸钱万贯红烛泪，

浊酒一壶冢下肠。

桃李情薄千载笑，

男儿恩重百年殇，

人生有梦直须闯，

春去秋来自古茫。

---

① 宋代高翥《清明日对酒》：南北山头多墓田，清明祭扫各纷然，纸灰飞作白蝴蝶，泪血染成红杜鹃。日落狐狸眠冢上，夜归儿女笑灯前，人生有酒须当醉，一滴何曾到九泉。

清欢

晨来集市果蔬鲜，

饭后屋旁百步闲，

柴米油盐真意趣，

人生最爱是清欢。

留春

柳绿桃红展旧枝，

莺飞燕舞觅新泥，

欲寻神笔留春①住，

又恐匆匆暂赋诗。

---

① 王安国《清平乐·春晚》：留春不住，费尽莺儿语。满地残红宫锦污，昨夜南园风雨。小怜初上琵琶，晓来思绕天涯。不肯画堂朱户，春风自在杨花。

夫余①

塞外龙珠锁大江，

平川沃野富一方，

伯都府里清泉冽，

三井村中米满仓。

松嫩盆薄油气盛，

查干水碱胖头香，

石头城子石何在，

秽貊夫余史海茫。

---

① 夫余，历史悠久、位置独特。20世纪初，伟大的革命先行者孙中山先生在著名的《建国方略》中曾构想在此建立东北枢纽，称之为"东镇"。

春思

一见从缘梦几分，
暗香盈袖眼前真，
回眸夜月千花暗，
执手春风万柳新。
问道天涯吞苦语，
相思万里乱迷津，
断肠鸿雁知谁误，
别却经年泪亦频。

谷雨节气

谷雨时节偶读唐代薛能诗《老圃堂》①颇有感，故赋诗一首。

柳絮无时戴胜鸣，

清潭澈底露浮萍，

万红将谢徒留梦，

细雨渐长剩叹声。

草木应知春欲尽，

天公莫笑我多情，

眼前风雨全无阻，

漫步郊园忘返程。

---

① 唐代薛能有诗《老圃堂》云："邵平瓜地接吾庐，谷雨乾时偶自锄。昨日春风欺不在，就床吹落读残书。"

拾蛤有感

沧海横流未有涯，
一朝潮退百无遮，
莫疑海物滩中少，
蛤蟹繁多尽在沙。

沧海牡蛎

潮来潮去未知年，
沧海翻波自等闲，
牡蛎万千石上附，
天荒地老欲参禅。

风过春林

千红万绿竞新妆，
点点纷纷寂寞长，
满园春色①谁频顾，
风过林间阵阵香。

晚春

载酒江湖泛小船，
春光无限惹愁绵，
轻波拂岸惊酣鸟，
杨柳东风自在闲。

---

① 朱熹《春日》：胜日寻芳泗水滨，无边光景一时新。等闲识得东风
面，万紫千红总是春。

拾蛤再感

前日沙中蛤满箕，

昨天蛳小且零稀，

今朝翻遍难寻觅，

休养生息抑或迟。

杨柳絮

杨柳成荫万叶娑，

天涯望尽世间坷，

年年此月飘飞絮①，

岁岁何时见树多？

---

① 白居易《柳絮》：三月尽是头白日，与春老别更依依。凭莺为向杨花道，绊惹春风莫放归。

伤春

目睹春日将去，感慨万千，故赋诗记之。

花落香销又一春，

风情万种几多真，

漂泊辗转思何处，

对影难眠忘渡津。

睹尽芳华终不悔，

等闲枯海负托身，

浮生最是迷初见，

梦里如来话故人。

烟雨桥

热闹行人寂寞桥，
无情沙鸟有情潮，
一江春水留余梦，
烟雨空蒙两岸遥。

马莲花

万红谢后更谁怜，
荒野滩中遍马莲，
寂寞青花香不语，
一丛幽梦笑人间。

无题

故国风雨几经春，
百姓流离草木纷，
志士前仆抛血泪，
仁人后继忘风尘。
一朝做主开新业，
卅载当家笑旧魂，
万世秦皇谁梦在，
浮华转眼老奴身。

夏

立夏节气

杨花飞尽树成荫，
夏日初来静养心，
寒暑宜人思好梦，
小虫添乱雨云频。

初夏荷花

一池春水剩残红，
柳岸成荫绿渐浓，
闲坐风来波皱起，
浮光掠影现萍踪。

读报

晨来阅报首三篇，
毒地常州①猛料掀，
公土续期②需巨费，
二三读罢弃一边。
童生灿烂国之幸，
朽木荼毒罪比天，
汉祖生息赖久策，
周幽戏火悔无瞻。

---

① 2016年4月，江苏省常州外国语学校数百名在校生疑似因化工厂污染地块中毒。

② 2016年4月，温州遇"土地证续期"问题，各地将陆续遇到此问题。

务实

六祖惠能①言迷人口说智者心行，故赋诗铭刻之。

万里长征足下始，

百川汇海莫心疑，

务实深干出成就，

进取求新创伟奇。

虚论迷人空百载，

真行智者奋朝夕，

青春意气常相误，

壮士暮年每叹惜。

---

① 禅宗五祖弘忍欲传衣钵。大弟子神秀云：身是菩提树，心如明镜台，时时勤拂拭，莫使有尘埃。杂役惠能云：菩提本无树，明镜亦非台，本来无一物，何处惹尘埃。五祖弘忍暗传法衣于惠能。

禅宗六祖惠能云：一切万法，尽在自心中，何不从于自心顿现真如本性！世人性本自净，万法在自性。

五原怀古

当年胡马踏阴山，
汉武雄才塞北安，
红树留云千载过，
葵花向日满人间。

阴山怀古

长城塞北数山重，
变化风云百世汹，
同是龙城①娲女后，
手足难认笑弯弓。

---

① 王昌龄《出塞》：秦时明月汉时关，万里长征人未还。但使龙城飞将在，不教胡马度阴山。

阴山石画

狩猎出行北斗移，
飞天岩画①古来奇，
山中往事千秋过，
山外王孙久不识。

登阴山

远望青山峻岭尖，
近登峰顶马平川，
碎石密布圆如蛋，
洪水滔天亿万年。

----

① 雕凿于阴山山脉，题材广泛包括日月星辰、狩猎、舞蹈、征战等，艺术精湛，岩画创作历经旧石器、新石器时代、青铜时代、战国直至明清时期。

咏王昭君

马踏阴山战火连，

千军难抵弱红颜，

画图点痣谁人过，

山北山南百姓安。

孤坐穹庐思故里，

独留青冢^①对阴山，

和亲朔漠琵琶怨，

一曲悲欢泪满衫。

---

① 北地草皆白，唯独昭君墓上草青，故名青冢。杜甫《咏怀古迹五首（其三）》：群山万壑赴荆门，生长明妃尚有村，一去紫台连朔漠，独留青冢向黄昏。画图省识春风面，环佩空归月夜魂，千载琵琶作胡语，分明怨恨曲中论。

评西施

荷影沉鱼懒画眉，

婀娜起舞待春闺，

无心恋贵姑苏客，

难料君危社稷妃①。

远命他乡谁自辱，

强颜欢笑诺堪悲，

浣纱溪水石还在，

越女沉江梦可归？

---

① 李白《咏苎萝山》：西施越溪女，出自苎萝山。秀色掩今古，荷花羞玉颜。浣纱弄碧水，自与清波闲。皓齿信难开，沉吟碧云间。勾践徵绝艳，扬蛾入吴关。提携馆娃宫，杳渺讵可攀。一破夫差国，千秋竟不还。

评貂蝉

昭阳宫里重情人，

乱世国中大义身，

心念君恩除虎患①，

天寒汉祚枉微薪。

白门玉碎茶还暖，

长殿春深酒几巡，

闭月娇羞空貌美，

心难随愿俱成尘。

———————

① 罗贯中《三国演义》云：一点樱桃启绛唇，两行碎玉喷阳春，丁香吞吐衡钢剑，要斩奸邪乱国臣。

叹杨贵妃

芙蓉①恩宠泪羞花，

国色天香月掩华，

眷影犹同连理树，

情深忘却帝王家。

浮生梦短贪霓舞，

风雨夜长倦噪鸦，

一笑五侯皆小觑，

等闲飞鼓到天涯。

---

① 即杨玉环，号太真，唐玄宗册封其为贵妃。杨玉环通晓音乐、舞蹈，可称专家，亦好诗，有诗《赠张云容舞》：罗袖动香香不已，红蕖袅袅秋烟里。轻云岭上乍摇风，嫩柳池边初拂水。

董小宛

辗转红尘觅旧踪，
相逢一笑忆前容①，
君恩难报倾国许，
情到真时梦易空。

越女

青石巷陌柳烟飞，
月上屋檐越女徊，
浓墨素笺迟落笔，
黄昏细雨待君归。

---

① 董小宛，明末清初奇女子，名白，号青莲，苏州人，才艺出众，因家道中落沦落青楼，与柳如是、陈圆圆等雅称"秦淮八艳"。先结识复社名士冒辟疆而嫁，后战乱流离不知所终，亦传虏至清宫而后顺治因董小宛出家。

小满节气

暑气初巡野菜香，

三车过往事农忙，

微烛暗影听风满，

夜雨敲窗祈夏粮。

天地趣

蜂绕花间乐采蜜①，

蚁来娇蕊为啥忙，

天然自有真情趣，

我辈何须总挂肠。

---

① 唐代罗隐《蜂》：不论平地与山尖，无限风光尽被占。采得百花成蜜后，为谁辛苦为谁甜。

读史书有感

鹿室①摘心全酒兴，
阿房焚简暖长亭，
读书万卷难知伪，
败寇成王一秤评。
商受开疆侯野逆，
始皇万岁近臣坑，
苍生欲立千秋业，
身后身前且忘名。

---

① 鹿室即鹿台，商纣王之宫苑，在商都（今河南淇县）附近。

评吕不韦

列国贩贾五湖亨，
奇货囤积举目瞠，
险象环生终去赵，
奇招如料相秦封。
灭周拓土三川立，
广揽人才百业兴，
重著春秋①千载策，
新君未解误残生。

---

① 即《吕氏春秋》。

吕氏春秋

一统中原指日时，
长安久治策先思，
始皇万世良言弃，
吕氏春秋过后知。

吕不韦与秦始皇

十年为相廿年亲[①]，
寄语春秋帝业心，
假使当年从吕策，
秦皇万世或成真。

---

① 秦王嬴政平乱后，写信责问吕不韦："君何功于秦？秦封君河南，食十万户；君何亲于秦？号称仲父。"吕见信后"饮鸩而死"，其中情委只能意会。

秦帝国

始皇一统六国臣，
帝制丰功未有寻，
欲就雄心传万世，
身前早虑后来人。

唐太宗

年少谋深帝业成，
文韬武略日峥嵘，
太极玄武①情难续，
盛世贞观四海宁。

---

① 即玄武门之变，烟消云散之后历史对帝王的评价主要看公德而非私德。

唐玄宗

虎胆龙明盛世兴，

沉香玉殿火通明，

人生难得开口笑，

风雨无常醉不成。

唐玄宗与杨贵妃

兴庆宫中醉袖飞，

长生殿里玉笛吹，

沉香好梦人难醒，

城下金戈①忘却危。

---

　　①　即安史之乱，举世盛唐从此走向衰落，成也其人、败也其人，当局者迷。

太白入朝

醉眼朦胧入建章，
明皇飞诏为红颜，
太白酒醒知何去，
散发扁舟欲访仙。

评隋炀帝

科举择才百世功，
开疆拓土帝中龙，
京杭千里春闺泪，
梦绕江都大业①空。

---

① 大业为隋炀帝杨广登基后的年号，可见其雄心壮志。

评王安石变法

图强清弊壮思飞，
意气书生事愿违，
自古治国当治吏，
急功未就满盘非。

评北宋司马光

治世谦恭孔孟臣，
危邦循旧愧君恩，
求安割地今朝误，
通鉴①鸿篇照后人。

---

①　即《资治通鉴》，宋神宗评之曰："鉴于往事，有资于治道。"余不禁想起唐代杜牧《阿房宫赋》："秦人不暇自哀，而后人哀之。后人哀之而不鉴之，亦使后人而复哀后人也。"

评明崇祯皇帝

欲挽狂澜阻万重，
智除阉党莫从容，
天灾罪己需全策，
国患疑人必惹凶。
曲道离间失诡诈，
势均力破误急功，
人心尽散伤宫女，
一了煤山愧祖宗。

芒种节气

黄梅雨近稻苗长，

仲夏时来麦穗香，

暑气初袭蝉渐噪，

问谁辛苦问谁忙？

杜甫草堂

万里桥西垒草堂，

风吹雨打日生荒，

流离工部忧寒士①，

千古同悲此愿长。

---

① 杜甫的《茅屋为秋风所破歌》：八月秋高风怒号，卷我屋上三重茅……安得广厦千万间，大庇天下寒士俱欢颜，风雨不动安如山！

屈原感怀

烟雨江中楚客①愁，

抱石路漫索船头，

骚人逐梦书千载，

赤子多情泪九州。

无力谗言身尽碎，

有心美政志难酬，

惊涛拍岸齐天问②，

巨浪怀沙任自流。

---

① 屈原是中国历史上伟大的爱国诗人，也是楚国的政治家。屈原提倡"美政"，主张对内举贤任能，修明法度，对外力主联齐抗秦。因遭贵族排挤毁谤，被先后流放至汉北和沅湘流域。公元前278年，秦将白起攻破楚都郢，屈原悲愤交加，怀石自沉于汨罗江，以身殉国。

② 屈原主要作品有《离骚》《九歌》《九章》《天问》《怀沙》等。

端午节有感

　　自古以来，志士仁人怀才不遇报国无门，而昏聩小人恣意弄权中饱私欲，其结果是祸国殃民害己，历史的悲剧不断重复上演。

开国雄踞继商周，

守土偏安霸业羞，

忧患灵均徒自醒，

逍遥公子剩孤丘。

章华歌舞当时醉，

云梦荒泽旧地愁，

辗转楚宫[①]无觅处，

一江烟雨竞龙舟。

---

　　① 杜甫《咏怀古迹二》：摇落深知宋玉悲，风流儒雅亦吾师，怅望千秋一洒泪，萧条异代不同时。江山故宅空文藻，云雨荒台岂梦思，最是楚宫俱泯灭，舟人指点到今疑。

真假花

浊世两花竞艳开，
一枝四季尽荣衰，
二枝岁岁花常在，
笑看东君不肯摘①。

史海

史海沉钩道一行，
英雄逐鹿力为强，
文无铁胆徒惆怅，
武有精兵缓做王。

---

① 唐代杨凝《唐昌观玉蕊花》：瑶华琼蕊种何年，萧史秦嬴向紫烟。时控彩鸾过旧邸，摘花持献玉皇前。

文明

游戏相争宜守规，
文明未化剑刀睽，
引狼入室图私恨，
自古兴亡百姓悲。

史书

文明渐化史书传，
市井庙堂万类全，
可笑前朝删篡事，
弥彰欲盖几多年。

叹史

精忠赤胆枉寒心，

利益驱牛令智昏，

看破红尘休叹史，

多情自古笑痴人①。

赞大丈夫

韩信身危胯下污，

史公仗义腐刑嘘，

英雄岂是贪生辈，

欲立功名早忘躯。

---

① 有情众生大抵可分为痴心人和负心人。

帝制感怀

一统江山万岁呼，

秦皇霸气怒焚书，

省得燕雀叽喳叫，

难料英雄草莽出。

刘项粗人能建业，

萧曹才子可安图，

百家共事国长久，

独断专行梦尽输。

夏至节气

炎炎仲夏天多变，
喜怒阴晴片刻翻，
但见风来茅舍颤，
又闻云至气息难。
电光闪烁雷石滚，
暴雨倾盆箭矢镩，
古道生烟无处散，
新枝叶碎满池残。

和李白《金陵酒肆留别》

杨柳携风两岸香①，

诗仙豪饮灌琼浆。

长安一去徒留醉，

济世求仙鬓半霜。

壮怀逸兴东山梦，

再别金陵子弟伤。

---

① 李白《金陵酒肆留别》："风吹柳花满店香，吴姬压酒唤客尝。金陵
子弟来相送，欲行不行各尽觞。请君试问东流水，别意与之谁短长。"

黄龙府怀古

直捣黄龙志未酬，
冲冠怒发水空流，
金牌道道金人笑，
万岁声声万事休。

凭吊岳飞墓

曲院风荷酒溢香，
断桥雪夜火通明，
西湖歌舞何时尽，
武穆忠魂①梦不成。

---

① 岳飞墓位于杭州栖霞岭南麓，南宋嘉定十四年建立，代代相传至今。

春秋陶朱公

忠心保主献奇谋，
功就身藏泛海流，
聚散千金周复始，
朱公①百岁布衣游。

明初沈万三

功高盖主叹余生，
富甲八方落魄名，
人若求安抛虚利，
钱多权重每心惊。

---

① 陶朱公即范蠡，春秋楚人，因不满楚国政治黑暗而投越国，辅佐越王
勾践灭吴国。功成后退隐江湖，经商成巨富，自号陶朱公，后人尊称为"商
圣"。

评明末张献忠

民不聊生暴乱纷，

崇祯难挽日黄昏，

献忠①多智游击战，

劫富安民倍感恩。

战略胶着急欲霸，

孰敌孰友莫分军，

成王败寇休读史，

江口沉金底事真。

---

① 明末农民起义领袖，与李自成齐名，在成都建大西国，善用游击战。清入主中原后为捍卫政权需要对其多有诽议，史家亦多有争议。

清胡雪岩

商贾攀官万利源，
一朝山倒势难全，
江湖险恶谁棋子①，
身在局中仗义传。

小暑节气

烈日炎炎汗不息，
伏云带雨炸雷疾，
蝉嘶蛙噪谁堪煮，
未到一年最热时。

---

① 胡雪岩，晚清徽商，因协助左宗棠剿太平军而倍受重视，遍开钱庄被称为"活财神"，富可敌国，赏黄马褂。后因经营丝业受外商排挤又不愿伤蚕农而资产锐减，加之官僚竞相挤兑敲诈而资金周转失灵，被革职抄家郁郁而终。

七七事变有感

1937年7月7日，日寇借口一名士兵失踪要进入卢沟桥头的宛平县城，遭到中国守军拒绝，日寇突然向卢沟桥发动进攻，中国守军奋起自卫，中国人民反对日本帝国主义侵略的抗日战争从此拉开了序幕。

神州欲坠泪腥风，

夜色凄然黯宛平，

倭寇贪天孰可忍，

中华梦碎匹夫惊。

同仇敌忾驱豺豹，

浴血焚身复旧京，

生死八年锤铁骨，

江山万载警长鸣。

沧浪

暴雨倾盆日渐多，
人间漫海唱新歌，
拨云万里濯沧浪，
击水三千定恶波。

洪水

洪水滔滔叹浪急，
积流漫漫恨天低，
禹王治水成于导，
后世乘舟宜慎思。

赞卢老汉见义勇为

河北涞源县山区大雨倾盆泥石流淹没京源铁路，恰值火车开来，村民卢老汉奋不顾身拦下火车，避免了一场重大事故①。

荒村野岭少炊烟，羊放山坡老汉闲，
年末膘肥值四万，举家度日亦还安。
山中岁月云多变，岭里林深虎豹娑，
铁路虽通人罕至，白云日影踏山峦。
忽来风雨泥石泄，又见飞车欲掣穿，
情势危急浑不顾，勇奔轨道跃身拦。
惊魂半刻强脱险，满座群生喜泪欢，
政府奖钱一万块，羊失难觅计何堪？

---

① http://www.nnnews.net/view/201407/t20140728_1277309.html。

互害有感

神州故里恨多情，
娲女传人渐血腥，
互害无休何底线，
一私百昧愧秋风。
你坑我骗何时醒，
推己及他冷若冰，
光怪陆离都不怪，
清诗黄卷暂偷生。

叹某县政协主席贪腐

自编自导腐多年，
七品微官①谎话连，
索贿无羞迷鬼佑，
贪赃忘耻愧苍天。
苍蝇扑面难独恶，
老虎危邦岂等闲，
大禹洪灾因势导，
朱熹渠臭引活泉②。

---

① http://news.sina.com.cn/c/nd/2016-04-03/doc-ifxqxcnr5235767.shtml。

② 朱熹《观书有感》："半亩方塘一鉴开，天光云影共徘徊。问渠那得清如许，为有源头活水来。"

叹学校毒操场事件

近几年校园毒跑道事件层出不穷，危害之大实难估量。

百米跑道百毒①悬，

赤县京师赤脚难，

眼看童生鼻血涌，

心哀花朵病秧奄。

层层克扣层层转，

处处监察处处闲，

英烈有灵应泪尽，

江山万代又谁传？

---

① https://view.inews.qq.com/a/NEW2016061400410802。

无事宴

赵家^①府里摆长席，

钱海人山酒肉靡，

欲问此欢何宴事，

直须同醉莫多辞。

安全事故频发有感

动地山摇巨爆连，

仓惶血海遁何安，

民居险处非一日，

道道安防莫纸谈！

贪官现形有感

长篇大论意踌躇，
谁道天凉好个秋，
朽木心疾成抑郁，
枯梁身栗跳高楼。
为民服务相推诿，
媚上奴颜不畏羞，
历历史书当日拜，
浩然正气万年流。

赞八府巡按

万里江山四海风，
长安圣殿系苍生，
巡察御史①威八面，
欲卷尘埃半日清。

公事选才

后备择才重是非，
品行端正莫相违，
漫言子弟无诚信，
举国将来付与谁？

---

① 　明清官职，民间俗称八府巡按，受命于皇帝巡视各省考核吏治。

大暑节气

热风流火近三伏，
六月人间赛铁炉，
雨汗淋漓茶不解，
心烦意乱睡难足。
炎炎暑气谁堪苦，
烈烈晴空乐谷熟，
天下何君循此道，
阴阳消长数农夫。

夏蝉

垂柳风来叶不挥，
碧荷蜓立影无飞，
炎炎夏日昏将睡，
唯有蝉儿①唱到黑。

下棋有感

你攻我守斗酣迷，
拆立绝招鼎峙敌，
半步领先君莫笑，
孰赢孰败后来棋。

---

① 唐代虞世南《蝉》：垂绥饮清露，流响出疏桐。居高声自远，非是藉
秋风。

暑天堵车

　　暑热之天，急事出行而又遇堵车，心急火燎，彼时颇感慨，故记之。

长龙一字待中央，
枯坐无时两眼茫，
韩信点兵羞队短，
关侯独骑叹路长。
人间蒸煮桑拿浴，
车海蠕行怒气光，
欲速不达非所愿，
事前少虑几成荒。

咏茶

世事纷纭百态凉，
清茶漫饮解愁肠，
杯中四季春花在，
壶里乾坤道法藏。
淡看浮沉天地转，
静观翻覆一心香，
飞烟几许余情暖，
散入尘宵刻漏长。

围棋人机大战有感

黑白道简万千棋，

宇宙难穷粒子迷，

东施效颦学我辈，

人机大战①比高低。

布局有板徒惊愕，

官子无输剩叹惜，

几处闲劫连示弱，

千年诡诈对强敌。

---

① 2016年3月9日至15日在韩国进行的围棋九段棋手李世石与人工智能围棋程序"阿尔法围棋"（AlphaGo）之间的五番棋，采用中国围棋规则，最终人工智能阿尔法围棋以总比分4比1战胜李世石。

陶然亭

喧嚣夏日欲参禅，
远望高亭举步连，
问柳循槐通曲苑，
荷香十里醉陶然。

夜景

参差玉宇绕银河，
九色霓虹泛彩波，
偶入蓬莱俗世客，
流连欲醉笑南柯。

游武侯祠

群雄并起问谁行，
计对隆中仰大名，
天下三分非久据，
汉家一统意重生。
南征毛地民安道，
北进中原帝业兵，
咫尺功垂时不便，
徒留长泪锦官城①。

---

① 杜甫《蜀相》：丞相祠堂何处寻，锦官城外柏森森，映阶碧草自春
色，隔叶黄鹂空好音。三顾频烦天下计，两朝开济老臣心，出师未捷身先死，
长使英雄泪满襟。

游都江堰

蚕从辟地叹茫然，

蜀道横绝怒大川，

鱼嘴中分除水患，

宝瓶节制变桑田。

深滩浅堰千秋鉴，

因势循规万世绵，

潭底伏龙独寂寞，

章山禹梦①绕梁烟。

---

① 意指李冰父子，其在蜀治水之功德如大禹一样。

青椒

家常美味辣青椒，
开胃驱寒入口逍，
欲作诗文留梦久，
忙学李杜觅离骚。

野趣

家里长呆意趣浮，
天涯异事乐征途，
朱门酒肉嚼如蜡，
野户山食味道殊①。

---

① 三十年前梦想细粮精肉，而今天盼着粗粮野菜，时代变了抑或人变了？

叹房价飞涨

千年兴替因田产,
今日纷纭为住房,
数载房奴竭贷款,
有偿年限几空忙。
女娲后裔成租客,
黄帝神州作异乡,
天下为公皆有份,
安得咫尺不寻常。

叹无良地产商

今日中国之房地产经济在GDP中的举足轻重，已到投鼠忌器的地步。正因如此，偶有无良地产商及物业公司欺诈业主权益，草根业主维权耗财耗力耗时可谓难矣，若非亲历目睹而未能体会之。杜甫茅屋为秋风所破犹再现矣！

无良地产气嚣张，

减料偷工劣质房，

销售欺瞒藏陷阱，

霸王协议露猖狂。

新屋难住争相赖，

物业推脱冷若墙，

诚信尽失监管匿，

千年工部叹愁肠。

江村散居

长夏江村草木悠，
诗书漫卷①乐常留，
夜来风雨蛙安睡，
午后高温了不休。
时令农耕携家小，
闲来江钓伴沙鸥，
偶邀明月一同醉，
摒却人间万古愁。

---

① 唐代陈抟《归隐》：十年踪迹走红尘，回首青山入梦频，紫绶纵荣争及睡，朱门虽富不如贫。愁闻剑戟扶危主，闷听笙歌聒醉人，携取旧书归旧隐，野花啼鸟一般春。

江村夏日

热风挥汗坐难宁，

暴雨忽来半刻晴，

夜至人闲蛙不睡，

日出扰梦有蝉鸣。

江村夏夜

仲夏江村垂钓晚，

流萤举火照家还，

夜深人静无风月，

听取蛙声①伴枕眠。

---

① 　唐代吴融《阌乡寓居·蛙声》：稚圭伦鉴未精通，只把蛙声鼓吹同。君听月明人静夜，肯饶天籁与松风。

读王阳明《月夜二首》之
二诗有感①

苍茫云海千涛泻，

野旷峰林万壑连，

红日霞光奇与共，

高寒绝顶勇当先。

豫州起舞安天下，

仲晦经纶继圣贤，

自信男儿争好汉，

雄心壮士傲群巅。

---

① 明朝王阳明《月夜二首》之二诗：万里中秋此月明，不知何处亦群
英。应怜绝学经千载，莫负男儿过一生。影响犹疑朱仲晦，支离羞作郑康成。
铿然舍瑟春风里，点也虽狂得我情。

秋

立秋节气

难眠昨夜热汗熬，

贪睡今朝暑气逃，

雨打叶黄知了静，

风吹云淡见天高。

四时交替全无误，

日月循规不差毫，

秋至碣山①石未老，

沧波蹈海问谁曹②？

———————

① 碣石山，今河北昌黎碣石山。公元207年夏秋交替之际，曹操征乌桓得胜回师时经过此地，东临碣石，留下千古诗篇。

② 曹操《步出夏门行·观沧海》：东临碣石，以观沧海。水何澹澹，山岛竦峙。树木丛生，百草丰茂。秋风萧瑟，洪波涌起。日月之行，若出其中；星汉灿烂，若出其里。幸甚至哉，歌以咏志。

初秋夜雨

立秋后细雨频频，忽觉早晚温差之变化，故感慨万千。

纠缠暑气遁觉迟，

翘首新凉至未期，

飒飒西风携落叶，

潇潇秋雨漫残池。

细推万物无穷变，

静待四时莫测机，

道法自然①知往复，

人循天地见常师。

---

① 老子《道德经》云："有物混成，先天地生。寂兮寥兮，独立而不改，周行而不殆，可以为天地母。吾不知其名，字之曰道，强为之名曰大。大曰逝，逝曰远，远曰反。故道大，天大，地大，人亦大。域中有四大，而人居其一焉。人法地，地法天，天法道，道法自然。"

秋题

人逢秋色易心戚①，
草木春华果自实，
衰叶飘零非意乱，
明年冬去再发枝。

野花

种兰得草嫩芽长，
但念余情任自荒，
寂寞寒园忽玉立，
卓然夜绽沁人芳。

---

① 刘禹锡的《秋词》：自古逢秋悲寂寥，我言秋日胜春朝。晴空一鹤排云上，便引诗情到碧霄。

七夕有感

月笼星云夜近秋，
世传织女会牵牛①，
年年此日期相聚，
岁岁今夕盼久留。
银汉无情千古恨，
鹊仙有义百年愁，
悲欢聚散难随愿，
笑对新凉酒入喉。

---

① 南北朝的任昉《述异记》云："大河之东，有美女丽人，乃天帝之子，机杼女工，年年劳役，织成云雾绢缣之衣，辛苦殊无欢悦，容貌不暇整理，天帝怜其独处，嫁与河西牵牛为妻，自此即废织纴之功，贪欢不归。帝怒，责归河东，一年一度相会。"

缅怀毛泽东主席

湘江北去数寒秋，

望断天涯向海愁，

烟雨苍茫闻碎咽，

红旗漫卷意沉浮。

笑观沙场霜晨月，

冷对人间万户侯，

冽冽西风依旧劲，

雄关欲越尚从头。

西藏行

万里巡山苦未疑，

眼前佛祖恨无识，

京师弟子今何在，

拉萨街头旧梦迟。

再访鲁朗

神仙谷里女儿游，

欲待牛郎①遍地花，

最爱石锅鸡尚在，

身居鲁朗不思家。

---

① 友人再游鲁朗念念不忘旧时牛儿。

2015年抗日胜利大阅兵

百难驱倭迎复兴，

中华盛世秋点兵，

雄师威武长安道，

无限东风①遣人惊。

处暑节气

暑气虽狂末弩强，

阴增阳减夜生凉，

炎炎盛夏情难却，

朗朗金秋步履长。

---

① "东风"乃中国之重器，维护世界和平均衡的重要力量。

重游翠屏湖

一别几载翠屏湖，
偶至重游景色殊，
岸柳拂风羞碧叶，
锦鱼戏水露长须。
亭阁掩映刘伶卧，
阆苑蜿蜒太守呼，
携酒邀花今且醉，
参禅问道自同途。

秋风

满眼高楼遍地连，

秋风不记旧时田，

依稀碧水昨年岸，

衰草知寒尽换颜。

和迦陵诗

诗魂①有梦寓南开，

一束莲蓬百子来，

白首不觉耕卅载，

马蹄菡萏恋无乖。

---

① 叶嘉莹先生，号迦陵，著名学者，现讲学于南开，有诗云："结缘卅
载在南开，为有荷花唤我来。修到马蹄湖畔住，托身从此永无乖"。

夜梦鲁迅

夜梦鲁迅，先生欲言又止，忽梦醒难眠，故赋诗记之。

眼前风雨满苍黄，
笔落雄文欲醒腔，
礼教食人①狂野笑，
山河梦碎万民殃。
声声呐喊轩辕血，
阵阵彷徨野草香，
冷对独夫②千古恨，
肝肠寸断百年殇。

---

① 鲁迅的《狂人日记》是中国第一部现代白话文小说，揭示了封建礼教的"吃人"本质，也表现了作者对中国封建文化的反抗，揭开了五四运动的序幕。

② 鲁迅《自嘲》：运交华盖欲何求，未敢翻身已碰头，破帽遮颜过闹市，漏船载酒泛中流。横眉冷对千夫指，俯首甘为孺子牛，躲进小楼成一统，管他冬夏与春秋。

游阿房宫故址①

百里阿城现地基，

乡人遥指旧兰池，

玉宫飞恨隔天日，

华殿传歌共四时。

一代雄魂开帝业，

千秋壮志剩残遗，

秦皇梦断伤心处，

骚客情牵热泪诗。

---

① 唐代胡曾有诗《咏史诗·阿房宫》："新建阿房壁未干，沛公兵已入长安。帝王苦竭生灵力，大业沙崩固不难。"

伯乐赞

宝马槽间困厄哀，

名师有意尚因才，

日行千里皆足下，

德智双彰次第开。

严师赞

传道解疑忘我身，

欲成钢铁不辞辛，

严词厉训①当时痛，

幸遇平生领路人。

---

① 教育之法因人而异，教育之德有教无类；唯有尊师重道，社会才能真
正进步。

恩师赞

春风化雨洗浊尘，
品鉴文章筑楚魂，
语重心长犹在耳，
九州桃李万千恩。

知遇恩

鸿鹄有志跃时辛，
知遇难逢碎梦真，
身在江湖无退步，
功名半世谢知恩①。

---

① 有为之人是薪火相传而非名利私留。

天地师

天工造化道有恒，

欲解心迷宜早行，

授业未觉红日落，

释疑不倦月初升。

科学与迷信

科学迷信仅隔墙，

即便真知信亦茫，

着眼事实因果律，

质疑①演绎万年昌。

---

① 科学必须能经受得起公开质疑，且能重复再现。

科学潘盒

潘盒①已启势难停，
逐速争强万类惊，
揽月捉鳖非呓梦，
苍生过后愧前行。

科学有界

真知越界错徒吁，
否定多疑可矫愚，
最怕虑少遗世患，
一招有误百招输。

---

① 即潘多拉（Pandora）魔盒，据说其中包含了人世间的所有邪恶——贪
婪、虚无、诽谤、嫉妒、痛苦等。

放眼量

难赋新诗意绪踌，

眉头深锁海边楼，

眼前人满全无趣，

远处孤帆踏浪游。

南开大学校训感怀

五四新旗百世魂，

允能实业振乾坤，

允公①坛筑宣德赛②，

月异日新赤县春。

---

① 南开校训：允公允能，日新月异。

② 德为民主democracy的英文音译；赛为科学science的英文音译。

南开大学校庆感怀

五四救国欲筑魂，

严张①兴教事躬身，

津郊南圃开荒野，

到今桃李遍地春。

缅怀周恩来总理

公能兼备印心痕，

面壁十年②万众恩，

邃密群科仍未竟，

中华崛起继来人。

———————

①　严范孙、张伯苓两位近代著名的教育家，共同创办了南开系列学校。

②　周恩来为南开杰出校友，青年时期便有为中华之崛起而读书之志，其诗曰：大江歌罢掉头东，邃密群科济世穷。面壁十年图破壁，难酬蹈海亦英雄。

蜗牛与黄鹂鸟

巧语黄鹂赞果甜，
蜗牛有意树难攀，
春行莫笑包囊重，
秋近枝头正可餐。

秋果感怀

满园朱果不忍摘，
春华秋实惜相知，
一夜西风都不见，
明年君要早折枝①。

———————

① 友人和曰：折花折枝证无常，悲喜应物总神伤。卜易五行何能解，照观幻灭是真章。

咏"天宫一号"

中国首个空间站天宫一号于2011年9月29日发射成功，可喜可贺，故赋诗记之。

望眼红尘聚乐融，

哪堪仙境冷云朦，

无食烟火空千岁，

艳羡情真醉百盅。

昨日姮娥愁旧殿，

今宵玉兔喜新宫，

愿得万里常邻比，

一样人间一样风。

国庆日现蓝天

国庆将临霾雾近，
京华烟锁漫天阴，
忽然万里蓝初透，
昨夜杜鹃①舞到今。

重阳节

秋风萧瑟近重阳，
客在他乡念故园，
地动倾时忽感应，
恨无双翅慰平安。

---

① "杜鹃"为此次的台风代号。

画娥眉

月近中秋计返期，
三更梦醒画眉迟①，
浓妆未就频传照，
意恐尊前汝不识。

白果感怀

书里公孙古化石，
六十结子世称奇，
满园白果参天立，
论道十年笑不识。

---

① 友人和曰：时近中秋玉镜明，美人前世又今生。桑田沧海三千载，不见朝歌捣衣声。（与原诗略有改动）

中秋前夕夜游

秦时明月挂今枝，
汉代青松忆古稀，
一统轮台千载梦，
几家欢乐总相依。

中秋感怀

玉盘①光转道有规，
聚散天涯世何常，
月桂宫寒娥有泪，
人间情暖亦神伤。

---

① 张九龄《望月怀远》：海上生明月，天涯共此时。情人怨遥夜，竟夕
起相思。灭烛怜光满，披衣觉露滋。不堪盈手赠，还寝梦佳期。

秋日感怀

豆蔻十三几度漂，

痴心未改忆前朝，

多情总被南风笑，

比特①庭深误锁娇。

白露节气

草木悲秋黯泪珠，

寒蝉凄切断心鸣，

眼前黄叶南行雁，

独倚高亭做酒徒。

---

① 比特即英文Bit的中译文，指计算机最小信息单位。

苹果

稚子命题而为之。

紫柰蔷薇枝上笑，
瑶池宴会魅多娇，
夏娃贪果文明始，
牛顿仰头智慧敲。
万树同根华夏祖，
千枝异地五湖漂，
莫辞辛苦逐仙梦，
共品酸甜忘路遥。

秋葵宴

羊角黄花满院香，

人间八月乐春常，

每逢国事常为客，

今日东君摆宴堂。

秋风吟

望眼碣石海未平，

挥鞭魏武尚余鸣，

飞沙逐浪千帆渡，

萧瑟秋风①不解情。

---

① 每来北戴河，余不禁想到毛泽东主席。毛泽东《浪淘沙》：大雨落幽燕，白浪滔天，秦皇岛外打鱼船。一片汪洋都不见，知向谁边？往事越千年，魏武挥鞭，东临碣石有遗篇。萧瑟秋风今又是，换了人间。

赞屠呦呦获诺奖

屠呦呦先生2015年获得诺贝尔奖医学奖，作为中国大陆首位获此殊荣的科学家，可喜可贺！

疟虫千变五洲汹，

万户萧疏宇内空，

葛老①遗篇托幼鹿②，

西风无力转头东，

乙醚代酒青蒿现，

试药身先岁月匆，

两院③门深敲不应，

当时诺冠已寻中。

---

① 葛洪《肘后备急方》："青蒿一握，水一升渍，绞取汁服"。

② 《诗经小雅·鹿鸣》："呦呦鹿鸣，食野之蒿"。屠先生之父母为爱女起名"呦呦"，而屠先生（今已85岁高寿）40年前有此伟大成就岂非天意？

③ "两院"即指中国科学院和中国工程院，代表着中国科技的最高实力。

屠呦呦旧宅

风雨兼程岁月蹉，
蟾宫折桂梦中奢，
经年冷落无人问，
一夜成名仰慕多。

过燕北长城

易水风萧自古吹，
生劫秦主燕国危，
甘棠千载花依旧，
塞外乱石我是谁？

游辽北建平

层林漫染建平北，
龙鸟腾云此地飞，
娲女子孙传四海，
红山未老待人归。

再遇丁香花

春日花香雨后新，
多情六瓣共君寻，
西风飒飒知秋近，
心念此花直到今。

百果树

一树秋来果满枝，
葡萄松子不足奇，
仙桃龙眼兼油栗，
原是儿童戏乐时。

秋寒

天高云淡夜深蓝，
万籁无声气透寒，
皓月孤悬宫咫尺，
嫦娥①独坐莫凭栏。

---

① 李商隐《嫦娥》：云母屏风烛影深，长河渐落晓星沉。嫦娥应悔偷灵
药，碧海青天夜夜心。

旧园

人去屋空院落萧，
残墙衰草任风摇，
可怜往日堂前燕①，
仍觅新泥垒旧巢。

忆旧楼

别后无书日渐忧，
花繁树盛忆昨楼，
忽闻邻院飘黄叶，
一样西风两地愁。

---

① 刘禹锡《乌衣巷》：朱雀桥边野草花，乌衣巷口夕阳斜。旧时王谢堂前燕，飞入寻常百姓家。

忆往昔

驿路相逢意正酣，
凭栏把酒谢东山，
十年辗转空留梦，
旧地重识夜未眠。
身在院前惊却步，
魂萦楼里怯掀帘，
峥嵘岁月难回首，
正道人间瑟瑟寒。

人世间

年仅18岁的史学研究天才林嘉文抑郁自杀，曾出版两部史学著作①。

> 银河光转几多程，
> 弱草经霜短暂青，
> 朽木贪财宁愿死，
> 少年阅史不贪生。
> 千秋未改人间恶，
> 一样悲欢四海风，
> 零落天涯惜碎梦，
> 漂泊海角忆初逢。

---

① 《当道家统治中国：道家思想的政治实践与汉帝国的迅速崛起》和《忧乐为天下：范仲淹与庆历新政》。值得深思的是，林嘉文说："仅就世俗的生活而言，我能想象到我能努力到的一切，也早早认清了我永远不能超越的界限"。

秋分节气

时至秋分夜渐长，
天逢绵雨日贪凉，
采摘游野兼得月，
老少同食苋菜汤。

游西湖

泛舟摇橹近云烟，
把酒传歌远海山，
最爱西湖今日静，
断桥身后忘人间。

秋思

秋日读杜甫《秋兴》感慨万千，故赋诗一首。①

地转星移物态匆，

独登秋岭览群峰，

层林漫染谁曾会，

绿野斑驳日渐慵。

黄叶随风难由己，

残花逐水了无踪，

一杯浊酒思如絮，

遥望长安醉意浓。

---

① 杜甫《秋兴其四》：闻道长安似弈棋，百年世事不胜悲，王侯第宅皆新主，文武衣冠异昔时。直北关山金鼓振，征西车马羽书驰，鱼龙寂寞秋江冷，故国平居有所思。

新月

夜阑独步意何闲，

望眼星河寂寞连，

新月如钩牵旧梦，

初心似我忆经年。

深秋野花赞

秋尽冬来草木残，

痴花独绽未知寒，

冷风吹雨黄昏后，

心碎此花夜未眠。

秋尽冬来

雨住风停日暂来，
忽寒忽暖欲乱猜，
劝君莫要敌趋势，
老树秋深叶尽衰。

难回首

眷眷心头念旧缘，
春秋几度洗浊颜，
相濡以沫①难回首，
笑对江湖已忘言。

---

①　《庄子》云："泉涸，鱼相与处于陆，相呴以湿，相濡以沫，不如相忘于江湖。与其誉尧而非桀也，不如两忘而化其道。"

评汉家史

危难当头共御敌，
团结抗外莫存疑，
可怜内患私通寇，
正道沧桑梦亦迟。

征乌桓

魏武征乌百事艰，
秋风萧瑟浪浊天，
挥鞭一掷千秋业，
渔火千帆渡世间。

观海不得

居虽近海畅玩奢，
偶有闲情小浪多，
欲览大潮常不得，
方知世事总蹉跎。

万水有潮

一日观海潮，稚子忽问河水有潮汐否，一时语塞。

潮来潮去海无边，
日月巡天引力牵，
但见狂涛逐岸去，
儿童忽问大河安？

读李鸿章绝笔诗

夜读晚清重臣李鸿章的绝笔诗①，颇感慨，故赋诗记之。

满眼疮痍落日倾，

踌躇怯步畏前行，

千秋华梦谁人续，

万里山河草木惊。

庙殿孤臣忧泪泣，

江湖义士愤身征，

是非功过知难料，

狭路当须让后生。

---

① 李鸿章诗云："劳劳车马未离鞍，临事方知一死难，三百年来伤国步，八千里外吊民残。秋风宝剑孤臣泪，落日旌旗大将坛，海外尘氛犹未息，诸君莫作等闲看。"

寒露节气

天津秋色步蹒跚，
八月群芳尚竞妍，
万木无边红叶舞，
心知霜露故乡寒。

霜降节气

霜降浓云锁海楼，
烟波浩渺觅瀛洲，
引得骚客情无限，
诗罢雾消万里秋。

秋梦

雄心铁胆梦逐天，
偶露峥嵘枉世贤，
雪域千秋期暖雨，
黄沙万里幻桑田。
韶华空锁江湖险，
壮志残存道义艰，
自信人生超百载，
何妨一笑再少年？

咏抗美援朝

　　20世纪50年代初的抗美援朝对新中国、对整个世界局势有着重要且深远的影响。

神州初定北朝危，世界联军欲荡摧，

鸭绿江边枪炮近，神州卧榻虎狼睽。

美苏争霸难中立，傲慢白雕寂寞麾，

促战棕熊临战悔，棋局扑朔总觉亏。

力排众议千军待，送子疆场忘却归，

志愿英雄寒水过，援朝五战凯歌回。

捐躯十万边陲定，美帝嚣张气焰灰，

屈辱百年一战雪，中华英烈振国威。

浣溪沙·和陆游词①

余读放翁诗常爱不释卷，总觉放翁近在眼前。

驿路逢君醉酒瓶，
千言万语到天明，
锦书难表故乡情。

少小离家欢笑少，
中年远客苦愁生，
天涯逐梦又辞行。

① 陆游《浣溪沙》：懒向沙头醉玉瓶，唤君同赏小窗明，夕阳吹角最关情。 忙日苦多闲日少，新愁常续旧愁生，客中无伴怕君行。

偶回母校

寒窗剪影几春秋，

年少同学志尚踌，

独坐此中寻旧日，

恍惚卿语泪横流。

偶回教室

推门欲入步徘徊，

阔室明窗往日台，

寂寞书桌寻旧主，

书生岁月又重来。

UNIX^①操作系统有感

造化阴阳自动机，

体强神弱几多悲，

一朝撼木蚍蜉梦，

跬步移山智叟疑。

万类归一文件树，

千流模化进程池，

当年雏蛋今朝祖，

成败开源事后知。

---

① UNIX（尤尼斯）是一个多用户、多任务的操作系统，最早由AT&T的贝尔实验室的Ken Thompson于1969前后开发出来，并由Dennis Ritchie等人进行了可移植化巨大改造。UNIX的成功得益于早期的开源策略，又挣扎于闭源之后，目前类UNIX系统遍布天下。

相逢

　　余有感于白落梅的"世间所有的相遇都是久别重逢"，又念及荒唐旧日，故赋诗以记之。

流光辗转数山峰，
百代尘寰觅旧踪，
驿路凭诗传万语，
高亭把酒醉千钟。
铁鞋踏破心独懒，
世外荒经念自慵，
梦里惜别期再遇，
眼前卿影忘重逢。

野鹤

碧波一跃傲云间，
万里山川作枕眠，
野鹤多情游不尽，
草堂四季有人闲。

荒村早晨

家舍雄鸡报晓清，
屋旁众鸟柳梢鸣，
羊咩犬吠同环耳，
缭绕炊烟共日升。

荒村日暮

日落青山众鸟归，
几家蓬户晚生炊，
但闻犬吠无人语，
客近荒村暗自徊。

闲居

狩猎耕田任放歌，
闲棋诗赋俩仁酌①，
门前车马从来少，
屋后桃花日渐多。

---

① 李白《山中与幽人对酌》：两人对酌山花开，一杯一杯复一杯，我醉欲眠卿且去，明朝有意抱琴来。

无题

急功近利事蹉跎，
按部成班业少磨，
日夜忙身眉宇锁，
闲棋几步满盘活。
括郎高论遗何少，
韩信拥兵恨未多，
逐鹿尔曹先跑马，
荒村钓叟后来捉。

冬

立冬节气

烟锁寒江百舸胧，

三秋去后尽冰封，

一年节气十八过，

煮饺烹羊意补冬。

初雪

凄风冷雨任著身，

凌雪初成泪有痕，

雨去魂留①因旧梦，

菩提空老忆前尘。

---

① 鲁迅先生说："……雪，是死掉的雨，是雨的精魂。"

雪中酒

草木逢秋叶恋枝，
长安美景色去迟，
西风带雨今朝酒，
初雪含花海客诗。

大雪至渔阳

潇潇冷雨黯黄昏，
冬雪迟归意乱魂，
忽报渔阳①飞玉蕊，
凭栏待尔到津门。

---

① 渔阳即今之蓟州、昨日蓟县，现为津之门户。

二犬过路口有感

晨冬风冷地著霜，

十字街头过往忙，

一犬红灯安静坐，

绿灯初亮尚彷徨。

如梭车辆人难走，

何况低级畜类慌，

忽尔迟来弱犬至，

原来待友共昂扬。

巴黎暴恐

巴黎暴恐①世皆惊，
战火中东②未有评，
同是苍生一样命，
生于异地两般情。

世界局势

世界纷争每问因，
双重标准昧心魂，
可怜人类无穷智，
文化殊同祸乱根。

---

① 2015年11月13日晚，法国巴黎发生一系列恐怖袭击事件，造成至少132人死亡。

② 叙利亚、伊拉克、黎巴嫩、巴勒斯坦、约旦等中东国家深陷乱局，中东从来未停止过杀戮，民众生活在无休止的恐惧之中。

世界战乱有感

古来我辈笑弯弓，
剑影刀光竞霸雄，
忍看苍生别祸乱，
千年一梦世间同。

盼大雪

冬雪迟归醉欲狂，
凭栏寒雨意彷徨，
孤灯恍惚飞花至，
一任鹅毛举世茫。

梦李白

夜半围炉意渐眠，

将登太行雪满山，

茫然抚剑心惊醒，

梦里诗仙尚等闲①。

风波亭

新驻南湖议论多，

风波亭雪欲平波，

薄冰难履君别笑，

且看明朝可重托。

---

① 冬日多梦，太白无语。

霜晨雁

大地初霜未晓行，

长空孤雁碎心鸣，

同为寂寞天涯客，

一笑相别继远征。

小雪节气迎大雪

贵客思来朔气吹，

凭栏远眺个愁堆，

玉尘①不负东君望，

轻舞无声入夜归。

---

① 玉尘即雪花。

读《宋史》有感

章台华乐舞虹霓，
醉酒穿肠弱肉食，
风雨飘摇独泪泣，
阑干拍遍枉心痴。
千金易聚吴姬笑，
一饭难得楚士饥，
莫叹人间今不古，
从来黄鹤野林栖。

莲藕

碧水接天旧时莲，
芦荻枯立冷风寒，
但愁菡萏春无觅，
藕在泥中深处酣。

懵懂

懵懂相逢未醒人，
别尊梦里渐知恩，
孤舟沧海从容渡，
长夜有你醉亦真①。

---

① 余闻王菲歌中此句话而写此首诗。

哪一世

问君何世再归来，
唯见经幡枉自回，
梦里相逢身未转，
成佛见汝①果难猜。

觉醒

红尘烦恼累浊身，
每遇迷津总欲询，
一语心开觉旧梦，
苦行历世证前因。

---

① 六世达赖仓央嘉措的诗："曾虑多情损梵行，入山又恐别倾城。世间安得双全法，不负如来不负卿。"

共鸣

散珠虽好尚需联，

碎玉精琢器自专，

有心共鸣难指日，

猛然意会莫言传。

禅悦佛

沧海桑田岁月荒，

人间千载世炎凉，

参禅何日觉花笑①，

悟道倾时忘路长。

---

① 释普济《五灯会元·释迦牟尼佛》云："世尊在灵山会上，拈花示众。是时众皆默然，唯迦叶尊者破颜微笑。"

仓央嘉措活佛

慈悲转世继前尘，

欲渡苍生忘我身，

百代俗寰时异境，

因缘合幻法千轮。

情深至圣称荒诞，

历尽劫波叹梦真，

讲法传经结广善，

贺兰①飞雪待觉人。

---

① 贺兰山之南寺已历二百年，相传这里是仓央嘉措的终点和起点。

梦南极翁

醉梦仙翁陋室游①，

红尘冷暖撼瀛洲，

愿君再借一千载，

了却人间万世愁。

冬日饮酒

天寒地冻数重山，

老友围炉把酒欢，

艳羡人间烟火味，

从来此处有神仙。

---

① 虽为梦境，亦有心声。

冬日京师雾霾

尘埃咫尺近天涯，

铁扇情深欲卷纱，

风送雾霾何处去，

京师南面有人家。

北风令

气候大会[1]聚诸侯，

霾锁京师正待愁，

一纸公约能救世，

北风听令夜来投。

---

① 2015年巴黎气候大会集中讨论融资与技术转让问题，以支持经济不发达的国家采取控制气温变化的措施。

读南宋戴复古《饮中达观》诗有感①

风雨春秋负重斤，
艰难举步默无闻，
有心挥剑常羁肘，
乏力谗言任酒熏。
遍走江湖逐浪水，
方知世事羡浮云，
是非时短他人语，
道义情长自在君。

---

① 南宋戴复古《饮中达观》诗：人生安分即逍遥，莫问明时叹不遭，赫赫几时还寂寂，闲闲到底胜劳劳。一心水静唯平好，万事如棋不着高，王谢功名有遗恨，争如刘阮醉陶陶。

166

醉新亭

风狂雨骤眼前倾，
龙胆熊心错愕惊，
最是仓惶别旧业，
徒将烂醉倚新亭。
忍观小恶成洪患，
悔愧俗夫剩利名，
大厦沙销堪水覆，
江湖萧瑟任飘零。

拾煤核

兄弟徘徊夜伴鸦，

机车蒸汽倒残渣，

家贫缺炭思温被，

年幼拾核欲暖家。

筚篥单衣心少惧，

残煤黑手意多抓，

艰难岁月难回首①，

每忆辛酸泪眼花。

---

① 父辈每常说起，叮嘱后生勿忘艰难岁月。

行路难

夜读李白《行路难》，颇为震撼，故和之。

民微势弱绕八千，

衙贵无门面冷冰，

叔宝小疾惜卖铜，

淮侯大辱忍屈行。

明君圣主山河幸，

朽木贼臣大厦倾，

不见长安人困苦，

漂泊四海任随风。

行路难，行路难，

争无奈，古到今。

双手劈开迷惘路，

一心定教是非明。

和李白登金陵凤凰台

凤凰台^①上凤重游，

一去人间百世秋，

晋殿吴宫成往事，

荒丘幽径遍高楼。

三山二水今非旧，

电掣风驰畅九州，

无奈尘霾能蔽日，

长安不见暗生忧。

①　李白诗云：凤凰台上凤凰游，凤去台空江自流，吴宫花草埋幽径，晋代衣冠成古丘。三山半落青天外，二水中分白鹭洲，总为浮云能蔽日，长安不见使人愁。

170

大雪节气

中午食堂吃饭，忘带钱卡又刚错过饭点，幸遇食堂师傅为我免费现做刀削面一碗，颇为感动，故记之。

西风吹雪近冬寒，

玉树雕冰过午天，

辘辘饥肠思饱肚，

昏昏老眼忘余钱。

眉头紧锁难言囧，

一饭飘香百感牵，

萍水相逢多好善，

人间情暖永相传。

叹雾霾红色预警

雾霾刚去又来侵，

望眼京师黯淡昏，

忧患青山应笑尔，

岌岌危险①此中人。

评西安事变

国难当头攘内先，

诸侯剿共箭雕三，

蒋公美梦神州怒，

兵谏西安运不堪。

----

① 人类对地球环境无度破坏，危险的不是地球，而是生物链顶端的人类
自己。

叹雾霾天

肆虐尘霾与日浓，
苍生掩面难从容，
初来愤怒连绝望，
而后幡然笑自庸。
自古天灾无有尽，
妖魔鬼怪片时汹，
读书始见贤人志，
过眼烟消转向东。

铭记南京大屠杀78年

　　1937年12月13日南京沦陷，日军在南京进行长达四十多天大规模屠杀，日军罪行包括抢掠、强奸、对大量平民及战俘进行屠杀等，日军公然违反国际条约和人类基本道德准则，令人发指。至2015年已过去七十八年，中华民族永远无法忘记这段悲惨的历史！

哀鸣不断问何凄，

卅万同胞命向西，

血染金陵成梦魇，

人间炼狱遍遗尸。

七十八载苍生祭，

国恨家仇永世答，

苦难中华沙海聚，

自强互爱谁能敌？

寒冬

寒空凄凄雁天涯，

驿馆昏昏客夜笳，

万里长风吹不尽，

朝来歧路满霜花。

冬至节气

红日南巡至此归，

北国昨夜梦长飞，

一阳复始寒还在，

亚岁①新春刻漏催。

---

① 亚岁即冬至。

175

冬至盼春

阳消阴盛夜难堪，

冬至乾生正道还，

莫道此来天即暖，

花开尚待百天寒。

冬至君道

冬至时来日渐长，

阴寒不断意犹狂，

艰难风雪存君道①，

卧雪红梅暗绽香。

---

① 孔子曰："君子道者三，我无能焉：仁者不忧，知者不惑，勇者不惧。"（《论语·宪问》）

冬至感怀①

年年冬至少阳生，

岁岁今朝旧梦惊，

放马天涯逐圣客，

荒村野钓草堂翁。

江湖险恶迷前路，

四季艰难怯远征，

悔恨半生空度日，

雄心壮志启新程。

---

① 唐代杜甫《冬至》："年年至日长为客，忽忽穷愁泥杀人，江上形容吾独老，天边风俗自相亲。杖藜雪后临丹壑，鸣玉朝来散紫宸，心折此时无一寸，路迷何处见三秦。"

青春

意气青春不自知，
红颜渐老始朝夕，
山珍海味前尘事，
奋笔疾书梦里诗。

咏仲尼

礼乐难行意欲行，
周游四海志无成，
杏坛传教觉新圣，
弟子三千万世名。

冬

冷暖

天地风云竞未休，
兴衰冷暖料难谋，
东风过后西风烈，
始见霜寒草木愁。

采藕

长在淤泥玉洁身，
盘中佳品每觉新，
洞庭万顷知何处，
寂寞深冬采藕人①。

---

① 《朱柏庐治家格言》云：一粥一饭，当思来处不易。

游东山岛

论道十年游故地，
一如昨梦又重来，
当年鸟去垂杨柳，
今日人空剩杏台。
意气青春无复返，
豪情壮志几多徊，
欲拾覆水东山起，
倍鉴前车岁月催。

偶见石中梧桐叶

梧桐待凤笃情真，

时过三秋叶在身，

最是无情风不止，

脱枝残叶有石痕。

平安夜

驯鹿天来为底忙，

围炉说唱笑盈堂，

一年最是平安夜①，

欢乐儿童梦里香。

---

① 传说中圣诞老人在圣诞前夜驾着鹿车为每位小朋友送上一份礼物。

纪念毛泽东主席

江山摇落愤出关，励志强国跃马鞭，

辩证循因知灼见，宏篇读罢眼前宽。

政权欲取须枪杆，星火燎原莫畏难，

万里长征犹不悔，运筹帷幄坐延安。

抗倭逐蒋接连战，世界一棋信步闲，

小米步枪非弱旅，中原一统换新天。

人民做主东风共，知著于微夜不眠，

万世欲传文化筑，昆仑①绝顶望千年。

---

① 毛泽东《念奴娇·昆仑》：横空出世，莽昆仑，阅尽人间春色。飞起玉龙三百万，搅得周天寒彻。夏日消溶，江河横溢，人或为鱼鳖。千秋功罪，谁人曾与评说？而今我谓昆仑：不要这高，不要这多雪。安得倚天抽宝剑，把汝裁为三截？一截遗欧，一截赠美，一截还东国。太平世界，环球同此凉热。

纪念毛泽东同志诞辰

龙华喋血痛沉沦，

敢效陈王扫旧尘，

星火燎原驱纸虎，

万山红遍筑新魂。

雄文六卷觉今古，

语录千条励后人，

江海翻波天又雪，

前车历历始惜春。

闲士

江山易改性难移，
沧海汤汤枉自迷，
大义微言闻过耳，
蝇头蜗角抢扶犁。
事成同志无闲士，
天亮因时岂赖鸡，
滚滚长江诚浩荡，
积流百股亦成溪。

齐心

愚公寡力志移山，
万众心齐可胜天，
吏意优柔猢狲散，
后来治世宜思贤。

空城计

冷战无时斗尚酣，
激流暗动问谁闲，
十年大唱空城计①，
巨舸前头恶浪掀。

---

① 罗贯中《三国演义》赞诸葛亮空城计曰："瑶琴三尺胜雄师，诸葛西城退敌时，十五万人回马处，土人指点到今疑。"

梦梅花

冬日暖阳倦意来，

依稀梦里百花开，

千红渐绿知春返，

飞骑逐尘醉遣怀①。

言有信

周幽戏火社稷亡，

一诺千金秦渐强，

多少古今诚信事，

浮云蔽日黯然伤。

---

① 冬日寒冷太久太苦，就让人盼着春暖花开，哪怕是在梦里。

寂寞行

古来事业百般摧，
寂寞功成莫自哀，
可叹螳螂徒臂挡，
千秋笑柄继人来。

参与商

年少常读子美诗[①]，
参商歧路总无知，
廿年儿女膝前绕，
始叹天涯忆往昔。

---

① 　杜甫《赠卫八处士》："人生不相见，动如参与商。今夕复何夕，共此灯烛光！"

干参泡酒开花

干参泡酒味弥佳，

窖酿千斛待友夸，

知己难逢遗海角，

年深日久竟著花。

岁末见芽苞感怀

每逢岁末意徘徊，

漫步疏林叶尽衰，

忽见枯枝苞①满缀，

寒风摇曳待春开。

① 最苦难耐的时候，也是新的生机待发的时候，此乃天道。

元旦

一元初始日东来，
万象更新渐次开，
古历游移春与至①，
今朝西法定无猜。

唐三藏

费劲千辛百难征，
一心只为取真经，
依稀梦去千年事，
泪眼凭空忆旧名。

---

① "元旦"的说法始于民国，传统历法中冬至、春节都曾称过元旦。

那烂陀寺有感

断壁残沙①万里风，
眼前弟子泪身怦，
心中佛祖今何在，
徒忆千年往日僧。

腊八节有感

粥香四海万家迎，
五味惜福百世承，
时至腊八年更近，
欲来又怯总关情。

---

① 玄奘西游，那烂陀寺已经衰败了一千年，玄奘当时内心的悲凉可想而知；而再过一千年后的当下，更是沧桑巨变。

腊八夜下雪

纵笔驰文陋室台，
恍惚刻漏腊八来，
园深灯暗寻常夜，
轻舞飞扬雪进斋。

相约戒贤法师

大德百岁①尚余劫，
坐看空门落日斜，
梦里依稀菩萨语，
眼前泪影故人约。

---

① 那烂陀寺大长老戒贤法师年已百岁，身忍痛风，执着地等待东土玄奘的到来，因几年前观世音菩萨已传梦戒贤法师化此缘劫。

感怀

夜半无眠月正明，

十年求索步蹒行，

青春梦绕心难静，

华发愁长意不平。

工部流离思剿乱，

放翁卸甲念还京，

雄关险道原非易，

衰朽残年再远征。

四九天

凛冽风鸣四九寒，
衣衾重裹宿难眠，
牙磕计日春应近，
炉火添柴意暂安。

大寒节气

大寒时令冷极僵，
早睡食调静储阳，
煮酒闲棋风雪至，
生机无限尚需藏。

北望

年关将至，念及蹉跎岁月实难回首，无限感慨，故赋诗以记之。

北望中原几断魂，

蹉跎世事始知真，

险中富贵全谁梦，

浪里虚名舍我身。

淡看荣衰千载过，

误迷尘网百年昏，

人生当羡林和靖①，

独钓江湖坐忘君。

---

① 林和靖即林逋，宋朝人，喜恬淡，隐居杭州西湖，自谓"以梅为妻，以鹤为子"，人称"梅妻鹤子"。

回乡旅途

佳节将至雪添欢，
四海同车路等闲，
夜静苍龙飞电掣，
梦深游子近乡关。
长笛呼啸直追北，
明牖著霜更愈寒，
半醒半眠归意切，
清晨到站月还圆。

塞外春风

新年将至向西行，
正是京师雪地冰，
惊诧暖阳荒欲绿，
心疑塞外早春风。

村居

野钓荒村晒暖阳，
浅耕几亩尚余粮，
茅屋黄卷银烛短，
蓬户粗茶日月长。

腊月二十三过小年

扫尘剪画迎新年，

载舞传歌送灶神①，

但盼玉清知善恶，

早归万户保平安。

读唐人诗

手持书卷夜无休，

梦返唐朝近又忧，

历历诗篇骚客泪，

至今吟诵纵横流。

---

① 民间传说腊月二十三，灶王爷飞上天庭，汇报过去的一年人间的悲喜。

读红楼梦

穿凿索隐苦相猜，
诲世危言慕此才，
莫若清茶闲把卷，
人间冷暖自浮来。

除夕

辞旧迎新万户欢，
除夕①篝火舞翩跹，
夜深人静无眠意，
独望群星寂寞天。

---

① 清代黄景仁《癸巳除夕偶成》：千家笑语漏迟迟，忧患潜从物外知。悄立市桥人不识，一星如月看多时。

春节

江湖潦倒乐心安，
镜里青丝未等闲，
陋室微光书日月，
巡天万里又一年。

照全家相

佳节故里奉双亲，
四世同欢谢祖恩，
沧海有情容易老，
留得欢笑百年春。

独行

无边寰宇夜三更，
望断天涯万里程，
燕雀堂前图近利，
鸿鹄霄外负长缨。
千难铁骨忧黎庶，
百转柔肠系众生，
双手人间擎火炬，
孤魂世上奋独行。

正月初五大雪

鹅毛飞雪漫青山，

峻岭难寻剩玉烟，

驾雾乘云来远客，

清诗浊酒欲留仙。

立春节气

浓云飞雪立春寒①，

冷暖人间大道艰，

绿水欢腾需有日，

青山梦醒尚思眠。

---

① 唐代钱珝《未展芭蕉》：冷烛无烟绿蜡干，芳心犹卷怯春寒。一缄书札藏何事，会被东风暗拆看。

明月

清光万里照无眠，
皓月经年此夜圆，
四海苍生难聚首，
九天孤侣苦情牵。
愁云冷锁千年事，
百感丛生一念间，
把酒临风传吾意，
人间岁岁共婵娟。

腊梅

梅雪争春①各益彰，

香白难共每回肠，

莫学骚客闲情叹，

且看蜂儿采蜜忙。

打春

东风欲暖打春牛，

但祈辛勤五谷收，

莫道耕耘天尚早，

春时一误使人愁。

---

① 宋朝卢梅坡《雪梅》："梅雪争春未肯降，骚人阁笔费评章。梅须逊雪三分白，雪却输梅一段香。"

解寒冰

春回大地唱东风，
枯树著青众鸟鸣，
欲暖还寒非指日，
化冰三尺裂余声。

遁围城

流离辗转遁围城，
梦入桃源避乱兵，
几度春秋风雨过，
相逢把酒共东风①。

---

① 欧阳修《浪淘沙·把酒祝东风》：把酒祝东风，且共从容。垂杨紫陌洛城东。总是当时携手处，游遍芳丛。聚散苦匆匆，此恨无穷。今年花胜去年红。可惜明年花更好，知与谁同？

解《心经》

众生苦厄路蹒跚，大士行深自在观，

五蕴皆空别挂碍，妄缘不住远迷颠。

无明生灭穷虚影，觉己渡人竟涅槃，

三世诸佛依彼岸，菩提正果照心间。

《般若波罗蜜多心经》原文：观自在菩萨，行深般若波罗蜜多时，照见五蕴皆空，度一切苦厄。舍利子，色不异空，空不异色，色即是空，空即是色，受想行识，亦复如是。舍利子，是诸法空相，不生不灭，不垢不净，不增不减。是故空中无色，无受想行识，无眼耳鼻舌身意，无色声香味触法，无眼界，乃至无意识界。无无明，亦无无明尽，乃至无老死，亦无老死尽。无苦集灭道，无智亦无得。以无所得故，菩提萨埵，依般若波罗蜜多故，心无挂碍，无挂碍故，无有恐怖，远离颠倒梦想，究竟涅磐。三世诸佛，依般若波罗蜜多故，得阿耨多罗三藐三菩提。故知般若波罗蜜多，是大神咒，是大明咒，是无上咒，是无等等咒，能除一切苦，真实不虚。故说般若波罗蜜多咒，即说咒曰：揭谛揭谛波罗揭谛波罗僧揭谛菩提萨婆诃。

呵呵

鹿台高耸竞喧歌，

无义春秋尚几何，

惯看人间名利客，

闲棋不语乐呵呵①。

洛书

洛书出水几时迎，

可叹人间冷眼行，

酒肉穿肠狂野客，

补天济世后来名。

---

① 韦庄《菩萨蛮·劝君今夜须沉醉》：劝君今夜须沉醉，尊前莫话明朝事。珍重主人心，酒深情亦深。须愁春漏短，莫诉金杯满。遇酒且呵呵，人生能几何！

老子

函谷关前令尹愁，
骑牛西去老聃①悠，
徒留人间五千字②，
忍看苍生万载秋。

游故道河

二三沙鸟水无波，
四五游人故道河，
曾记飞舟争日渡，
芦花无觅旧时歌。

---

① 老子，姓李名耳，字聃，春秋楚国人，伟大哲学家、思想家，道家始祖，据说老子最后骑牛西去化胡，留下一本《道德经》让众生自悟。

② 《道德经》，亦称《老子》，道为德之"体"，德为道之"用"。

后记

回首这本诗集，不胜感慨，字字句句皆出于作者的初心，此正是：

拟攒旧作百来诗，纸上浮来笑我痴，

句句情真重再现，篇篇意切又何期。

重读之，又觉意犹未尽。然而这些诗句亦不免粗糙，或近于口语，或荒于平仄，或宥于韵律，或意平无奇。诗集尚存诸多疏漏未能改之，还请读者海涵和指正。

恍惚间读罢了这本诗集的春夏秋冬，我从中看到了过往的点滴历史；恍惚间冬去春又来，未来更加无限憧憬，我真心地希望这本诗集能给大家些许思考。

置身于这个飞速发展且又易迷失的后现代时代，隐隐有一种声音呼唤着我们每一粒尘沙去感悟芸芸众生、去感恩浩瀚苍穹、去共同创造崭新的篇章。

李晋

2016年8月，永定河畔东君草堂